그림자 친구

그림 조현숙

대학에서 서양화를 전공하였고 현재 그림책 작가로 활동 중입니다.
아이들의 해맑은 웃음처럼 항상 즐거운 그림을 그리려고 노력하고 있습니다.
이 책을 읽는 아이들에게도 그 즐거움이 전해졌으면 좋겠습니다.
그린 책으로는 〈마녀 옷을 입은 우리 엄마〉, 〈좁쌀영감 오병수〉, 〈양말을 꿀꺽 삼켜 버린 수학 1, 2〉,
〈신통방통 곱셈구구〉, 〈아빠의 일기장〉, 〈학교 다녀오겠습니다!〉 등이 있습니다.

그림자 친구

글 고상한 그림책 연구소 | 그림 조현숙

상상의집

마니또를 뽑는 날이야.

떨리는 손으로 쪽지를 펼쳤어.

'누가 내 마니또일까?'

'홍예진.'

이런. 쪽지에 내 이름이 적혀 있어.

내가 나를 뽑은 거야.

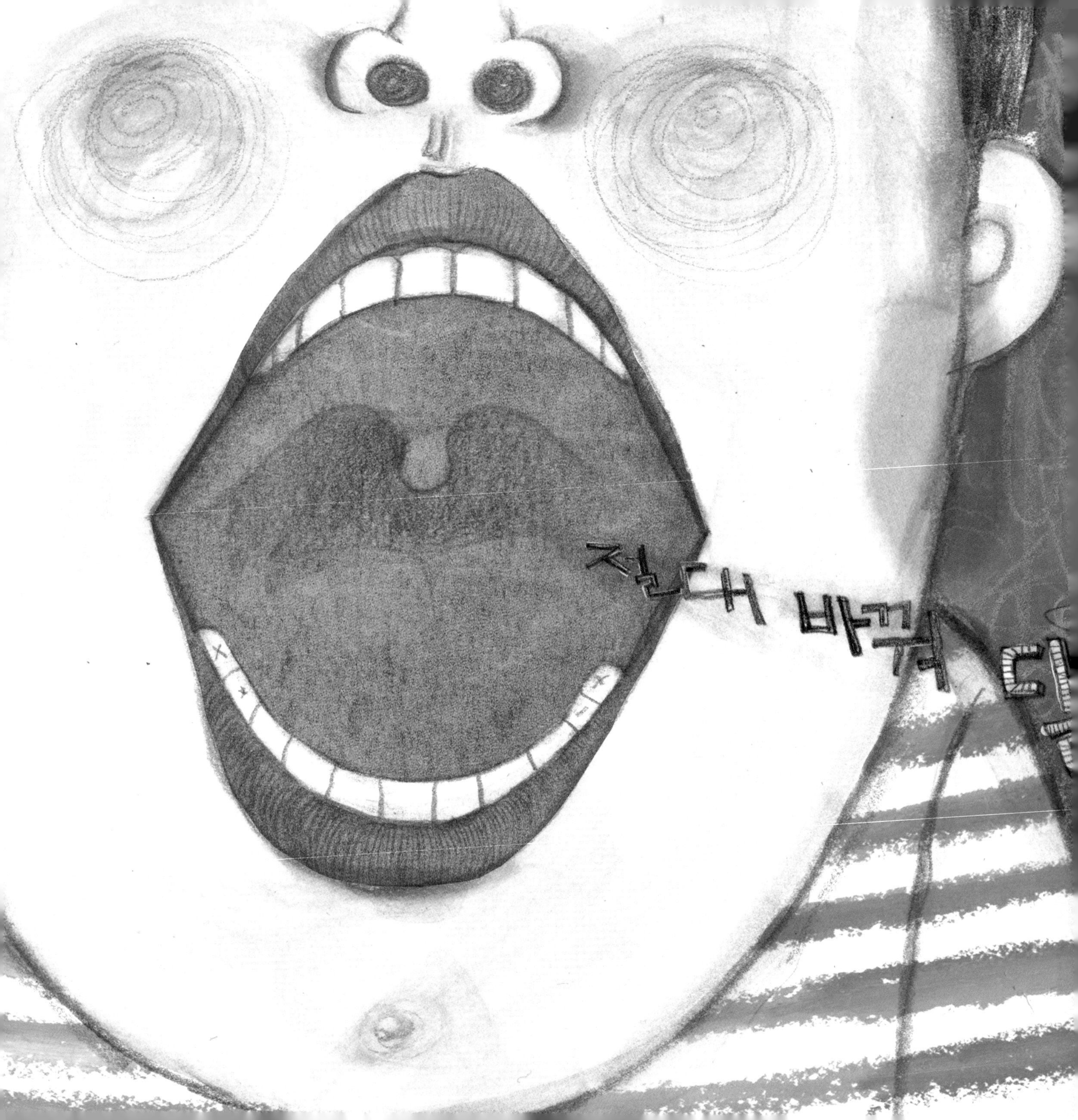
절대 바꿔

"절대 바꿔 달라고 하기 없기!"

이호가 못을 박았어.

"절대 마니또가 누군지 말하지 않기!"

민지가 으름장을 놓았지.

집으로 가는 길,

모두 둘인데 나만 혼자야.

미용
구세군
자선냄비

잠도 오지 않아.

아침 일찍 학교에 갔다가

건우의 책상에 고구마를 넣어 두는 서연이와 마주쳤어.

"예진아. 아무한테도 말하면 안 돼."

"으응……."

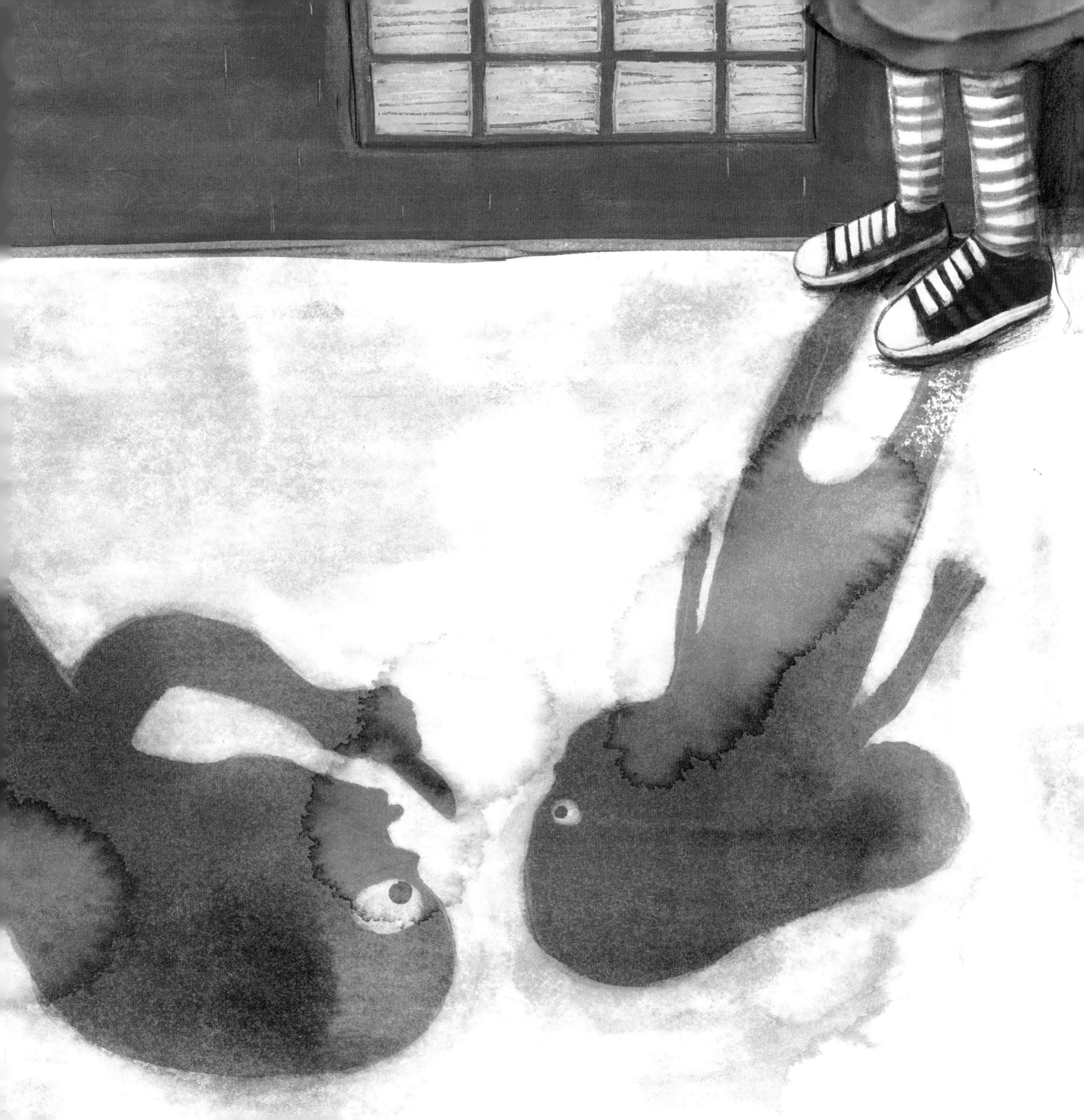

“나 마니또한테 고구마 받았다!”
건우가 신이 나서 자랑하네?
“이건우 마니또 장서연 아니야?
지각 대장 장서연이 웬일로 일찍 왔잖아!”
이호의 추측에 서연이의 얼굴이 하얘졌어.

서연이가 도와 달라는 듯이 나를 쳐다봤어.

3+2=5
1+6=7
청소당번

그때 와장창 건우의 필통이 떨어졌어.

나는 잽싸게 건우를 도와 물건들을 주웠지.

"뭐야? 건우 마니또 장서연이 아니라, 홍예진이야?"

건우의 물건을 줍다 웬 쪽지 하나를 봤어.

'김민지.'

건우의 마니또 이름이 적혀 있어.

건우는 화들짝 놀라 내게서 쪽지를 휙 빼앗아 갔지.

자리에 앉자 건우가 은밀히 말했어.

"내 마니또 김민지인 거 말하면 알지?"

나도 마니또가 있었으면 좋았을걸.

마니또가 있었다면 무슨 선물을 했을까?

"어? 홍예진!"

그때 이호가 문방구 안으로 들어섰어.

나는 나도 모르게 화드득 문구점을 뛰쳐나갔어.

휴, 마니또 놀이 재미없어.

그런데 엄마는 뭐가 신나는지 하루 종일 전화기만 붙들고 있어.

“하하 호호!” 높고 요란한 웃음이 끝날 줄 모르네.

“예진아. 엄마가 비밀 하나 알려 줄까?

이호 마니또가 서연이래!

이호가 원래 서연이를 좋아해서 마니또 게임에 푹 빠졌단다.”

왜 어른들은 아이들 비밀 떠벌리길 좋아할까.

이호 마니또는 서연이고,
서연이 마니또는 건우이고,
건우 마니또는 민지야.
'만약 내게도 마니또가 있었다면?'
나는 한참 생각하다 나의 마니또와
마니또에게 줄 선물을 정했어.

다음 날 아침, 이호는 마니또에게
야구 글러브를 선물 받았다며 자랑했어.
남자아이들은 서로 야구 글러브를 껴 보고 난리야.

"으악! 내 야구 글러브 누가 가져갔어!"

수업 시간, 갑자기 이호가 소리를 질렀어.

"야구 글러브를 잃어버렸어요. 내 마니또 예진이가 사 준 건데……."

어? 나는 이호에게 야구 글러브를 선물한 적이 없는걸?

그때 민지가 벌떡 일어나 소리쳤어.

"야! 그거 내가 사 준 거야! 네 마니또는 나란 말이야."

"뭐? 너라고? 어제 예진이가 문구점에서
야구 글러브 사는 걸 봤는데."
이호가 의아해했어.
"그럼 이 카드는 뭐야? 예진이 네 글씨잖아."
이호는 필통에서 카드 하나를 꺼냈어.
"어? 그거 나도 받았는데."
"나도 받았어."
너도나도 카드를 내밀었지.

마니또에게
1년동안 고마웠어
넌 멋진 친구야

"그건……. 내가 쓴 거야."

나는 마지못해 대답했어.

"뭐? 네 마니또는 누군데?"

민지가 따지듯이 물어 왔어.

"……."

"누가 예진이를 뽑았지?"

아무도 대답하지 않았어.

‘홍예진.’

나는 결국 내 쪽지를 내밀었어.

“뭐? 홍예진 마니또가 홍예진이라고?”

아이들은 모두 예진이를 바라보았어.

“예진이는 모두의 마니또였구나.”

아이들이 나를 보고 웃었어.

다행이야. 외톨이가 아니라서.

생각 톡

★ 비밀 친구를 만들어요

친구들과 '마니또 놀이'를 한 적이 있나요? '마니또'란 이태리어로 비밀 친구라는 뜻이에요. 여러분의 이름이 적힌 쪽지를 한 장씩 상자에 넣고 뽑아 정해진 기간 동안 아무도 모르게 친구의 비밀 친구가 되어 친구를 기쁘게 해 주는 것을 마니또 놀이라고 하지요. 옛날 가난하지만 착하게 살았던 총각을 위해 집안일을 대신했다는 우렁이 각시처럼요.

친구를 위해 할 수 있는 일에는 무엇이 있을까요? 무거운 물건을 들어 주거나 친구가 어려워하는 수학 문제를 함께 풀 수 있어요. 준비물을 빌려 줄 수도 있고 몸이 아픈 친구를 보건실에 데려다줄 수도 있어요. 작은 일이라도 우리 반 친구들을 위해 내가 할 수 있는 일을 찾아 도와 보세요.

★나눔과 봉사를 실천해요

내가 할 수 있는 나눔과 봉사에는 무엇이 있을까요? 입지 않는 옷이나 안 쓰는 물건을 모아 어려운 이웃에게 전달할 수도 있고 양로원에 찾아가 할아버지, 할머니를 기쁘게 해 드릴 수도 있어요. 구세군 냄비에 모아둔 성금을 전할 수도 있고 어려운 이웃에게 연탄이나 생활용품을 전해 줄 수도 있어요. 평소 용돈을 아껴 두었다가 어려운 이웃을 돕는 단체에 기부할 수도 있고요. 내가 실천할 수 있는 나눔과 봉사 활동에는 어떤 것들이 있을까요? 구체적인 계획을 세워 실천해 보세요.

★마음의 온도를 높여요

탈무드에는 '한 개의 촛불로 많은 초에 불을 붙여도 처음 촛불의 빛은 약해지지 않는다'라는 말이 있어요. 나눔과 봉사도 마찬가지예요. 나누면 나눌수록 기쁨과 사랑이 커지고 마음이 따뜻해지지요. 조선 시대 여성 상인 김만덕은 1792년 제주에 최악의 흉년이 들자 자신의 전 재산을 털어 육지에서 쌀을 구해 와서는 굶주림에 시달리는 제주 백성들을 구했어요. '한국의 슈바이처'라고 불리는 장기려 박사는 가난한 환자들을 위해 무료로 질병을 고쳐 주었지요. 이처럼 사람들의 크고 작은 나눔과 봉사가 모여 더욱 아름답고 행복한 세상을 만들었어요. 특별한 능력이 있거나 돈이 많아야 나눔과 봉사를 할 수 있는 건 아니에요. 다른 사람과 함께하고자 하는 따뜻한 마음이 가장 중요하답니다.

그림자 친구

글 고상한 그림책 연구소 | **그림** 조현숙
펴낸날 2022년 2월 15일 개정판 1쇄
펴낸이 김상수 | **기획 · 편집** 이성령, 권정화, 조유진 | **디자인** 문정선, 조은영 | **영업 · 마케팅** 황형석, 임혜은
펴낸곳 루크하우스 | **주소** 서울시 서초구 사임당로 50 해양빌딩 504호 | **전화** 02)468-5057 | **팩스** 02)468-5051
출판등록 2010년 12월 15일 제2010-59호

www.lukhouse.com
cafe.naver.com/lukhouse

ISBN 979-11-5568-509-9 64800
ISBN 979-11-5568-497-9 (세트)

※ 잘못된 책은 구입처에서 바꾸어 드립니다.
※ 값은 뒤표지에 있습니다.

상상의집